KB139235

아날로그를 듣다

황금알 시인선 213

아날로그를 듣다

초판발행일 | 2020년 6월 30일

지은이 | 박현자
펴낸곳 | 도서출판 황금알
펴낸이 | 金永馥
선정위원 | 김영승 · 마종기 · 유안진 · 이수익
주간 | 김영탁
편집실장 | 조경숙
표지디자인 | 칼라박스
주소 | 03088 서울시 종로구 이화장2길 29-3, 104호(동숭동)
전화 | 02)2275-9171
팩스 | 02)2275-9172
이메일 | tibet21@hanmail.net
홈페이지 | http://goldegg21.com
출판등록 | 2003년 03월 26일(제300-2003-230호)

*이 시집은 2020년 인천광역시. (재)인천문화재단 문화예술육성지원 사업
  으로 선정되었습니다.

후원 : 인천광역시   IFAC 인천문화재단

아날로그를 듣다

박현자 시집

황금알

오랜 동면에 들어 있을 때

주변에 키 큰 나무들이

곤한 잠을 흔들었다.

결빙의 시간을 깨워준

고마운 봄날이 웃자라는 동안

다시 문 앞에 와 있는 겨울.

차 례

3부

4부

1부

냉탕 바가지

나는 오래된 플라스틱이다.
개장했을 때부터 줄곧 온탕과 냉탕 사이
댓돌 위 오롯이 앉아 물을 지키는 문지기
늘 이리저리 옮겨가며 내 안 담긴 것을 쏟아냈다
빙하기를 끌고 온 듯 차디찬 물, 소리 지를 때마다
수증기 닮은 수다를 끌고 찜통을 지키는 그들
70도의 사막을 뒤집어쓰고 앉아
세상의 푸념들을 질겅질겅 물어뜯던 붉은 입
냉탕으로 잠행할 즈음
여기저기 분탕질 되던 부피를 잴 수 없는 타인의 삶이
사우나의 배를 부풀렸다.
입들은 비누 냄새와 열기를 섞어 투레질해댔고
나는 편편한 심장에 이름표를 새긴
이곳 사우나에서 가장 우대받는 바가지.
저들의 뾰족한 투정까지 후련하게 버려주는
둥글게 자라는 푸른 바람이다

동인천

후미진 곳까지 벚꽃 가득하다
그 틈을 비집고 군데군데
봄소식을 풀어놓는 민들레
반쯤 입을 벌린 화분 안에서
깨어나는 잡풀들까지
한껏 숨을 고르는 긴장 풀린 시간
창가로 쏟아지는 오후를
베고 누운 골목이
느릿느릿 봄을 챙기고 있다

수선집에선 여전히 누군가의
허름한 삶을 박음질하는 4월
꽃이 지고 나면
또 어떤 삶이 피어날까
불경기 속에서도
희망을 깁고 있는 봄

아트빌 B01호

독거노인 현황조사 차 찾아간 B01호
문틈으로 갯벌이 밀려왔다
조사용지를 내밀자 지느러미를 세운 물고기
굽은 등이 지난 흔적을 대신했다

가족과의 왕래는 있나요
하루 끼니는, 경제활동은, 복용하는 약은 있나요
용지에 적혀있는 질문 사항을 묻자
쿨룩 한 번으로 모든 대답을 대신했다
적개심 가득하여 세상을 향한 외침을
아무렇게나 퍼붓고 마는 그
영화 속 전갈처럼 분노를 뿜어냈다

한 때는 마주 앉던 따뜻한 밥상이 있었을 텐데
지금은 관절마다 삐걱대는 알람을 등진 독거
저녁이면 젖은 어깨를 이끌고
행여 들킬세라 노 저어 가는 망망한 바닷가
망둥이도 살지 않는 검은 갯벌에
두 발이 빠져도 어쩔 수 없는 남자

실업의 고통을 피해 찾아든 도시 한켠에서

LED 속으로 사라지는 새떼를 보며

남자는 무슨 꿈을 꾸었을까

허기질수록 움켜쥔 손 놓지 못하는 간절함에 어떤 꿈

을 묻었을까

화려한 도시 속에 갇힌 남자의 시간이 저물어 가는

어디에도 초록 그림 한 점 없는 아트빌 B01호

폐업 중

오랜 시간 손때 묻은 터전이 사라진다.
어디 하나 기댈 곳 없어
햇살에도 휘청거리던 콘크리트
그곳에 벽화로 새기던 지난 시간 허물어지며
문신처럼 낙관을 새기던 거래명세표
골목마다 숨죽이던 희망 곁가지마저도
검은 봉지 속으로 쓸어 담는다
터전 곳곳마다 걸린 흔적들 떼어내며
서로가 등을 보이는 엄동
아무렇게나 돌다 정착하는 바람조차
몹시 부러운 지금
천천히 일생을 묻었던 터전을 닫는다
철문에 못질을 하며 문패마저 울고 있는 겨울
12월이라 적으며 폐업이라 신고하는 우리
어떤 형벌을 견뎌야 하는 걸까
그러나 다시 일어서야 하는 13월
희망이라 적으며 먼데 하늘을 본다

자유공원

가로수마저 헐떡이는 삼복
횡단보도 앞 폐지를 끌고 가는 노인
잠시 내린 소나기 탓일까
젖은 손수레 위
비 그친 후 시간의 무게까지 더해지고
내 마음도 무거워지는 날
노인의 리어카를 거들고
한참을 생각한다
일용할 양식을 위해
무엇을 꿈꾸어야 하는가, 우린
불안한 노후를 안고 흐르는 자유공원
결코 자유롭지 않은 여름의 그곳

풀등*

바람을 가득 짊어진 모래밭이
파도를 걸러냈다
또, 소금기 가득한 시간을 걷어내고
바다의 뼈를 발라내면 우뚝 살아있는 섬
거기 덩그러니 우물이 생겼다
우물 곁에서 바다 한편 붙잡고 서서
우린 그 바다가 건네주는 이야기를 들으며
한껏 오만한 표정으로 모래밭을 떠나지 않았다
새들은 파도의 푸념을 삼키며
바다의 배설물이 퇴적층을 이룰 때까지
우물 속 하늘을 들여 다 보는 섬
다시 갯벌 쪽 이야기가 궁금해지는
거기 풀등

* 풀등: 인천광역시 옹진군 대이작도 섬에 나타나는 모래톱.

집으로 간다

지붕 위를 걷던 굴뚝새 표정이 전봇대에 걸린 오후

장대 끝 고흐의 신발 한 짝 걸쳐놓은 저녁이 휘청휘청
온다

하루를 달리던 말. 그 짐승의 걸음이 사뭇 바쁘다

아직 바닥이 팽팽한 맨발의 껍데기 구석구석을 살피며

사정없이 벗어던진 한 켤레를 둘러메고 방향을 묻는
도돌이표

배고픈 바람은 건너편 시골밥상 간판을 기웃거린다.

우리는 어깨마다 매달린 피곤을 저울질하며

양재기에 쏟아부은 희망과 함께 휘청대는 밤

세상에 나가 동동거리던 비둘기 떼 돌아가는 유리창
너머로

지느러미를 한껏 세우고 도심을 헤엄치는 전동차의 날
숨 날아든다.

살아가는 일이란 늘 목전에 둔 숫자놀음과 같아서

머무는 동안 세상에게 세를 지불해야 하는 식상한 불
빛들

오늘도 시간 맞추어 제 몸을 사르고

마부, 세탁소에 걸린 외투처럼 다림질을 기다리며 집
으로 간다

신문으로 밥을 짓다

신문지를 구겨 쥔 손, 허공에 획을 긋자
도화선이 되는 불쏘시개 같은 아침
하루의 시작을 주눅 들게 하는 타블로이드판 속
냄새만 맡아도 불길한 활자들과 합체한다
아무렇게나 전해지는 소식들이
뒤통수를 뜨끔거리게 하여도 먹어야 사는 법
밥을 짓기 위해 아궁이에 불을 댕기면
거기 어제의 사건들이 활활 혓바닥을 날름거린다.
삶이 무거워 세상을 버렸다는 어느 변명이 웅얼웅얼
끓는다
건물 꼭대기서 뛰어내린 아픈 청춘의 분노가 겉도는데
아궁이 속 불꽃은 오지마을 사건에 분개한다.
이해되지 못하고 명치끝에 걸린 활자를 다시 집어 들고
조간朝刊 귀퉁이마저 불길 속으로 던지는데
세상의 소식들과 다르게 광고 속 배우의 싱그러운 미
소가
아궁이 앞에서 멈추었다
무엇이 유연하고 어느 쪽이 더 단단한지를 가늠하기
힘든

신문지 안의 활자들
정치와 교육, 금융과 범죄가 서로 버무려져
아무렇지 않게 식탁에 올려지고
겉절이 무침이 끝난 양푼 속 나머지 양념처럼 겉도는
나라 밖의 소식이 사라진다
새로울 것 없는 새로운 소식이 눈치 없이 밥을 짓는다

고등어를 먹는 시간

생선 한 마리 구워 놓고
꽃무늬 새겨진 물컵과 마주 앉은 저녁
식솔들은 귀가 전이라 조용한 밥상
접시 위 올라앉은 고등어에게 말을 건넨다
먼바다를 지나오는 동안
파도는 어떠했는지 혹여 탈출을 시도하진 않았었는지
등 푸른 몸으로 살다 온 고등어 원산지를 묻자
북유럽 바닷가 노르웨이 숲 솔베이지 들려준다
고등어가 들려주는 전설 들으며
혼자 먹는 밥 결코 달콤하지 않은 시간
고등어를 향한 마음 멈추고 마는 저녁

외투 外套

이 세상에 어울려 살아가려면
내게 꼭 맞는 옷 한 벌 가져야 될 것 같던 시절
품질보증서 살펴 가며 튼튼한 외투 한 벌 장만했다
갑옷처럼 단단해서 전장에 나가도 끄떡없을 줄 알았던
내게 꼭 어울릴 거라는 믿음, 그땐 그랬다
해지면 꿰매고 다림질하며 같이 가기로 했으나
이리저리 마음 맞추다 보면 꼭 문제가 생겼다
날이 갈수록 솔기 뒤틀리고 변색돼 곱지 않았다
어긋난 심기와 똑같아지는 창과 방패로 바뀔 때마다
미련한 선택 싫어 쓰레기통에 넣기를 여러 번
몇 날을 고민하며 재활용할 수 있을지 살피다 보면
더 빳빳하게 깃을 세우고 일어나
온 집안을 걸어 다니는 후투티 한 마리
버리지도 못하고 그렇다고 끌어안지도 못했다
나이 들며 추장처럼 화려한 왕관을 쓴 후투티
세월 지날수록 편안해질 거라 믿었던 건
혼자만의 욕심이었을까
오늘도 기세등등한 권력의 옷 한 벌

고백

나는 항상 높이 나는 법을 배웠어요
아주 어릴 때부터 멀리 가는 법을 배운 거지요
동이 트기 전부터 높이 날면 배부를 수 있다고
세뇌를 당했거든요
오늘 아침도 더 멀리 나갔다가 그만 해가 뜨고
눈이 부셨던지 배고픈 친구가 투명 창에 머리를 부딪
고 말았어요
순간 황룡사에서 죽어간 조상이 생각나 눈물이 났어요.
사람들은 늘 키 재기를 했어요
누가 더 높이 단단하게 벽화를 잘 그리는지 경주를 하
거든요
그럴수록 우리는 더 높이 날고
사람들은 멀리 더 단단하게 유리벽에 그림을 그리지요
하지만 그런 건 중요하지 않아요
그냥 공존하는 거라고 세상이 말했거든요
유리벽이 아무리 높아도
오늘도 힘껏 날아오르는 법을 연습할 테니까요

아날로그를 듣다

옛집 창고에서 발견한 음악의 집 한 채
고요히 먼지를 이고 앉은 지붕 위로 달빛 머문다
갈래머리 시절 투쟁으로 얻어낸 전축
바라만 보아도 뿌듯해서 옆구리에 끼고 살았던
노래가 사는 집
먼지와 함께 동면에든 빗장을 여니 막역했던 문서들
힘껏 손가락을 튕겨 문설주를 건드리자
3번 트랙에선 샹송이 흐른다
문지방이 닳도록 드나들던 오래된 기억 속으로
한 무리의 악보를 끌고 가는 고마운 집
다시 4번 트랙으로 옮겨 가는 순간 날갯죽지를 흔드는
새의 연주를 읽으며 잠깐 꿈이었을까
어둑해진 뒤꼍이 소란해지는 순간
케세라세라
버튼을 눌러 가수의 달력 같은 목소리를 한 박자 덜어
내자
이내 3번 트랙으로 되돌아가는 저 낡은 집의 고집
케 세라 세라

달팽이

갑옷처럼 단단한 지붕을 이고
더 아래로 떠내려갔구나
무슨 꿈을 꾸는지
문밖에선 도무지 너를 알 수 없어
이끼 숲을 지나고 빠른 물살을 지나고
사람들이 사정없이 딛고 가는 바람을 지날수록
단단하게 더 단단하게 갑옷을 입는 너는
내 안에서 잠자는 또 다른 노래였구나

북한산

바위 하나가 문신文身중이다
온통 검붉은 모양으로
회색빛 등허리 덮어가는 담쟁이
연장도 없이 전문職 허락도 마다하고
결 고운 색깔들로 조금씩 천천히
바위 하나가 문신 중이다
가을을 탁본하듯 그렇게
내 속에도
바위 같은 믿음 하나
나무처럼 자라고 있다

장마

여름의 끄트머리쯤 일 거야
가수의 목소리 같은 바람 부는 날
대문을 열어젖힌 빗소리
누가 누구를 탓할 수 없다는 걸 알면서도
서로서로 쏟아내는 말들이 줄줄 도로 위로 넘쳤어
폭우 지나간 곳곳에 토사처럼 쌓인 단어들
지나가던 사람들이 그 말 부스러기를 밟기도 하고
혹은 주머니 가득 주워 넣기도 하는 거리엔
빨간 립스틱의 입술이 커다란 바퀴가 지날 적마다 밟
혔고
부리가 뭉툭한 새 정수리에 가 박혀 고통을 호소하기
도 했어
그래도 사람들은 미안해하거나 부끄러워할 줄 몰랐어.
오직 나무 밑에서 장맛비 피하기 바빴고
무수한 말들로 인해 다치지 않기를 기도할 뿐
나 또한 넘쳐나는 말들이 내 것이 아니기를 바랐던 거야

2부

이름값

해오름, 미소 지음, 다보여 안과 , 부자 마트
모두 이름값을 하며 살아가는지 알 수 없으나
미소지음 아파트 사거리에 서면
정말 미소가 번지는 것은 이름 때문일까
부자 마트에 들어서며
민들레 한 줌, 옹달샘 한 병 주문하며
절로 즐거워지는 건 이름에도 향기가 있기 때문이다

한때 이름이 마음에 안 든다고 비뚤어진 때가 있었다
돌부리에 걸려 넘어져도
소나기 내려 옷이 젖어도
무엇이든 이름 탓을 하던 시절
딸의 이름이 걱정이던 어머니가 받은 점괘는
이름을 자주 불러줘야 나쁜 일을 피할 수 있다니
복채 아닌 거금을 놓고 오신 날 이후
하루에도 몇 번씩 내 이름 부를 적마다
차라리 산속에 아무렇게나 피어있는 풀꽃이고 싶었다

툴툴대던 이름은 마루 끝에 앉아 책을 읽기도 하고

빗소리를 모아 소꿉놀이를 하다가

궁리 끝에 이름을 보자기에 싸서 실공 위에 두고 날마
다 빌었다

뾰족한 모양새 둥글고 돌멩이처럼 예뻐지라고 마음을
모으면

어느새 폴짝 뛰어내려 맨발로 달아나곤 하여 속을 태
우던

숯검댕 같은 이름

날개를 달고 개울을 건너고 들판 가로지르곤 했다

자주 불러줘야 나쁘지 않다는 말 메아리처럼 울리면

돌부리를 걷어차며 돌아오던 옛날이 따라와

여전히 티끌 벗지 못한 채 불리던 단발머리 얼굴 하나

항아리는 기억했을까

용문산 기슭으로부터 바람을 이고 와
햇살과 새소리를 섞어 항아리 가득 붓고
생솔가지 꺾어 군불 지핀 아랫목에 두면
항아리 속에선 오랜 시간이 숙성되곤 했다
누룩과 옥수수밥이 바람과 뒤섞인 항아리
신줏단지처럼 위상이 대단해서 아랫목을 차지하면
괜히 심통이 부려지던 나를 뒤로한 채
어머니의 기도와 정성이 발효되는 세밑
울타리 밖에선 냉랭한 달빛 마당을 넘나들고
아궁이를 빠져나온 자욱한 시간이 마을을 덮었다
뒤꼍에선 새들이 늦은 저녁을 먹느라 소란했고
나는 버짐 핀 얼굴에 침을 발라주며 문풍지 소리 궁금
하던
지금도 그 어린 날이 가끔 꿈속에서 되살아났다
질긴 참으로 질긴 가난은 꼬리에 꼬리를 물고
내 발끝까지 따라와 시린 손 내려놓고 가던 밤
기다림이 숙성된 한 모금 희망 애타게 간절했음을
만삭이 된 항아리 밖으로 풍기던 밀주密酒의 유혹에
슬며시 흔들리던 겨울을 항아리는 기억했을까

생인손

어머니 글씨는 참 독특하다
비뚤비뚤 시골집 사립문 같고 토담을 닮은
왜정 때 야학에서 배워 그렇다는.
택배 상자 안 터질세라 싸고 또 싼 보따리를 풀면
잘 말린 느릅나무 껍질 보약처럼 담겨 있고
갖가지 곡식들 개울물 소리를 내는데
허리 아프다면서 이런 거 보냈느냐고
내 카랑카랑한 성질머리 허공에 닿는다.
굽은 손 마디마디 눌러 쓴 마음 읽고 또 읽으며
난 그저 어미의 정성을 받으며 풍요롭다
죄스러운 마음 고들빼기 맛으로 대신하는 저녁
시골집 마당 가득 울리는 전화벨 소리 되돌아 들리고
가을걷이 툴툴대며 자꾸만 전화기를 드는 나는
어머니의 굽은 허리와 신경통을 유발하는 생인손이다

맨발 말하다

여름 한낮

나무뿌리 같은 발뒤꿈치 갈라진 틈새로 도랑물 흐른다.

어느 거친 들길 지나왔는지 촘촘히 박힌 흙먼지를 묻
힌 채 피곤한 발

굳은살 박인 세월은 맨발의 수고를 생각해 본 적 없다

새벽에 나갔다가 갱도처럼 캄캄한 골목을 끌고 와야
당연했고

뭉툭한 몇 마디 할라치면 유리잔으로 답했던 일상

휴일 달콤한 낮잠 속에서조차 달려야 했을까 그는

노후 된 시간 사이로 맨발 기지개를 켜고

굴피 지붕 닮은 또 다른 발 나를 향해 근질거리는 입

우물 점占

꿈에 문신처럼 각인된 우물이 하나 있어

두레박을 드리우면 가끔씩 통통한 달빛 찰랑거리며 올라오고

어느 땐 지느러미를 한껏 세운 물고기 따라오곤 한다

달이 올라온 다음 날은 일진이 좋고

물고기 올라온 날은 운수가 나쁘다고 믿는 나만의 미신.

어릴 적 추운 밤 아랫목을 지키고 있을 때

사립문 밖 우물에서 달을 건져오게 하던 어머니

일곱 살 내가 타박타박 돌아가던 우물가

세월 흐른 지금도 속상한 일 생기려면 꿈속에선 늘

우물이 말라 있거나 흐려있어 애가 탄다

머피의 법칙처럼 맑았다 흐렸다 반복하는 우물

간밤에도 흐려진 꿈의 점괘를 붙들고 하루의 시작이 조심스럽다

사람들 저마다 욕심껏 지닌 지하 곳간 몇 미터쯤 아래

샘솟는 우물 하나 있어 목을 축일 테지만

팍팍한 내 우물에는 요즘 경보가 울린다

모든 것이 땡볕에 노출되어 해갈을 기다리는 유월

소나기 내려 도랑물 넘치듯

꿈속 우물 또한 깊어 맑은 달 떠오르길 기다린다

돋보기를 쓰고

어느새 돋보기를 써야 할
아무리 천천히 페달을 밟아도 기어이 당도하는
볼록렌즈 너머로 보이는 문신 같은 상처들
벌 받는 시간에 기대 죄목 하나하나 읽어 내려간다
잘못 살아온 대가를 치러야 하는 아쉬움과
돋보기를 쓰기 전 투명하지 않았던 날들
삶이 잘 보였더라면 후회가 덜했을까
저만치 꼿꼿한 욕심 렌즈 가까이 내려앉고
초라한 시력 앞에서 이제는 알 것 같다
마음도 돋보기를 써야만 더 선명해지는 것을
하나씩 포기하고 두 개쯤은 접어두며
끝내 참지 못하는 속내 감추려 한다
확대경 위로 전해지는 罪를 반성하는 날이다

연수리

갑자기 빗방울이 맨발로 뜁니다.
그 곁에서 머리카락을 풀어헤친 후박나무
놀란 가슴을 쓸어내리며 비설거지를 합니다
부엌에선 늦은 하루를 빚느라 분주한 전기밥솥
새마을호처럼 달리고
어느덧 연수리에 도착한 여름
텃밭 가득 아욱이 자랍니다
아욱은 힘주어 치대야 보드라워진다기에
퍼런 물 게워내도록 풋내를 헹구자
서랍을 열어놓는 장마
눅눅해진 일상을 문밖으로 밀쳐두고
숟가락이 둘러앉습니다
비 그치고 나면 지붕을 고치겠노라 얘기할 즈음
불어난 개울물 소리 밥상을 기웃거리고
웅크리고 앉은 7월이 자리를 털며 일어납니다
칭얼대며 매달리던 빗줄기
금세 어머니 텃밭처럼 환해집니다

바다가 문을 닫았다

바다가 문을 닫았다 더는 바다를 들을 수 없다
잠복기를 거친 퇴행성이 날개를 달고 질주했다
등허리에 가부좌를 트는 울화와 골다공증이 수시로 집
안을 들락거렸다
아무것도 아닌 일에 가시가 돋고 또 아무 일도 아닌 것
에 무릎이 시린
폭설 같은 날들이 담벼락을 오르던 그즈음 바다는 더
이상 꿈을 꾸지 않았다
나무 끝 구름들이 내려와 지구를 맴돌던, 관절마다 개
울물 소리로 웃던 그때

4월에는 거리마다

주변을 맴돌던 바람이 손을 뿌리칠 때마다
와르르 세탁기 호스를 빠져나오는 거품처럼
뭉게뭉게 흩어지는 꽃잎
여자는 거리를 쓸다 말고 슬며시 튀밥을 줍는다
허리춤에 동여맨 윗도리 울상이 된 것도 모른 채
칭얼대는 사월을 달래가며 바쁘다
밥상에 올릴 요량인지 배가 불룩한 그릇을 들고
넘치는 봄을 주워 담는다
향기 달아나지 못하도록
튀밥 가득한 나무의 속내를 살피는 여자
아스팔트 위를 지나는 차량의 행렬 소리 지를 적마다
사방으로 흩어지는 봄 아까워 어쩔 줄 모른다
나무 아래서는 가끔씩 펑펑 터지는
고소함이 바람의 그네를 탈적마다 모여드는 사람들
뻥튀기든 벚꽃이든 한 번씩 몸을 흔들면
비눗방울처럼 날아드는 4월 한낮
아파트 입구 튀밥 트럭이 하품할 즈음
여자의 하루 벚꽃이 된다

커피를 꿈꾸다

한때 바리스타를 꿈꾸었지
유라시아 대륙 어느 황무지를 돌아나간 바람을 외면한
채 익어갔을
아라비아를 고향으로 둔 야생의 원두
그것을 우려내 누구에게나 오랜 추억 같은 향기를 제
공하고 싶었어
운이 좋으면 슬쩍 이슬람사원 수도자 이야기도 들어가며
자메이카 농부의 블루마운틴처럼
마시는 순간 황제의 마법에 걸리듯 행복해지는 커피
비 오는 날 모카 그림 그려진 찻잔처럼 앉아
저 깊은 곳에 쌓인 먼지를 걸러 기쁜 일만 추출하는
가끔은 생기 넘치는 커피 같은 사람이 되고 싶었던 거야
하지만 내가 커피가 아니듯 커피도 내가 될 수 없기에
자꾸만 아라비카를 꿈꾸는지도 모를 일 커피가 될 수
있다면
햇살의 종이 되어도 좋고 바람의 문지기면 또 어떠랴
꿈꿀 때마다 어깨에 날개가 돋는다 해도
언제나 깊은 향기로 머문다면 기꺼이 아라비카가 되는
거지

벽

마주 보고 손을 모을 때마다
메아리 부딪치며 돌아왔다
모든 통로를 차단한 채
나의 노력을 부메랑 시켰다
화해를 흡수할 줄 모르는 벽
독선과 이기로 반죽하여
미장이가 세운 공간 안에서
벽은 제 스스로 포로가 되어 갇혔다
알맞은 크기의 바람과 햇살이 성에 차지 않는 벽
서서히 문을 닫기 시작했다
더 이상 아무도 벽을 바라보지 않았다
세상과 나 사이에 가로놓인 장애물일 뿐
때론 비바람을 막아주는 수고가 낯설었다
이제 내가 벽을 허물 차례다
벽 안에 갇힌 벽을 향하여
캄캄한 연장을 날렸다

시를 쓰다가

오래된 수첩의 문을 열자
무시로 메모해 둔 시 걸어 나온다
서랍 속 낡은 종이 안에 살던 시詩
그중 하나를 꺼내 들고 떡잎 떼고 뿌리 자르고
흙냄새 도는 끝부분도 잘라내면
비로소 알맹이만 남는 감자 같은 시
냄새도 맡아보고 속내도 들춰보고
이리저리 돌려가며 맛을 본다.
어느 부분은 살짝 봄볕처럼 반갑고
고갱이 쪽은 아직 풋내가 도는
무청 같은 시
비릿하고 마땅찮은 시
더러 칼칼하고 짜거나
차라리 쓴맛이라도 나서 뱉어내면 좋으련만
입맛을 잃고 저쪽 툇마루 끝에서 졸고 있다
주인의 손길을 벗어나 물기 말라가는 시
햇볕 한 줌 들지 않는 쪽으로 밀어둔 채
오래 뜸 들어 향기로운 타인의 곳간을 읽는다

철길이 있던 마을

철길은 풍금이 있는 교실이다
건반을 밟을 때마다 음표처럼 날아오는 새
징검다리를 건너와 모여 앉은 공깃돌 같은 아이들
한나절을 노래하고 나면 허기진 채
찔레를 꺾으며 집으로 갔다

호미처럼 허리 굽힌 망초 꽃 모퉁이를 돌면
체육 시간마냥 서 있는 미루나무 끝
안개가 걷히기 전까지의 비밀들
책가방 안에서는 안개가 궁금해진
아이들의 호기심이 달그락거렸고

풀꽃 가득하여 끝이 보이지 않던 길
기적소리 손 흔들며 달려오면
아득히 어디든 떠나야 할 것 같던
간이역을 지나는 개울가 돌멩이
지금은 어느 길을 흐르고 있을까

운주사

바람이란 더러 맵고 질기지만
때론 따뜻하기 그지없는 운주사
와불 한 쌍이 군데군데 미륵불이
어느 밤 북두칠성으로 내려온 산자락
골짜기를 덮은 개나리 마다
군데군데 노란 등이 켜졌다
바쁜 세상 한 번쯤 돌아보라고
번뇌도 놓고 살라고
돌탑 사이를 흐르는 겨울
노란 바람이 참으로 달다

텃밭의 주인이 되어

두근거리는 경쟁을 뚫고 선택된 한 뙈기

거기 씀바귀 씨앗을 묻으며

문득 첫아이를 낳던 겨울이 떠올랐지

살얼음 같은 시간이 문풍지를 비집고 들어오던 단칸방
속 해산解産

미역국보다 냉기를 잘 참는 일이 더 간절했던

모서리마다 바람이 뚝뚝 떨어지던 산동네 760번지

일상의 절벽을 앞에 두고 질끈 눈을 감을 적마다 심장
이 쪼그려 들던

그곳에서도 봄이면 희망이 돋아났을까

가난을 견뎌야 하는 오기가 스멀스멀 담벼락을 기어오
르면

나팔꽃보다 먼저 손을 뻗어 삶의 언덕을 오르던 궁핍함

오늘 텃밭을 일구며 그 허름했던 과거가 거름이 되는
것을 보았지

사람은 변하지 않아도 세상은 변하는 법이어서

희망을 묻으며 발아되기를 바래보는 텃밭

씀바귀 고개 들어 달콤함을 꿈꾸는

이제는 사람이 둥글어지고 세상이 변함없기를 바래보
는 날

3부

오브제

겨울 대관령
나무 한 그루 등을 보이고 서 있네
바람이 지나며 툭
그의 팔이 눈을 쏟아놓네
설경 한가운데 달항아리 같은
홀로 있어 더욱 빛나는
청정한 빙하 오브제

부끄러운 나이

일자리 창출 백만 개 새 정부 들어서며 공약했다네
누군가는 그 허울에 기대를 걸었고 또 누군가는 헛웃음 날렸다네
희망을 외면당한 채 실낱같은 기대 눌러쓰며
꼼꼼하게 정성을 다 했다네
면접까지 가면 그것은 영광 숫자에 불과할 수 없는 나이 탓에
열정마저 거품이 되는 일하기엔 많고 놀기 젊은 나이
오늘도 문턱 높은 곳 곱지 않은 시선에게 들킨 이력서
그 어떤 곳에서도 거들떠보지 않네
놀아보지도 일하지도 못하는 너
이 시대의 미운 오리새끼 나이가 자꾸만 부끄러워지네

가로수 그늘에 서면

먼 고생대 빙하기를 지나
6천5백만 년 전 중생대쯤
이름 없는 바위에 나뭇잎 하나
동면에 들었을까
오랜 침묵을 깨고
화석인 양 살아온 거목 위로
11월이 만개한다
과거의 흔적을
타투처럼 선명하게 발산하는
가로수의 전설을 만나는 날
발길에 걸리는 화석의 후예
향기로 숨 쉬는 나무의 속내를 보았는가
노랗게 흔들리는 세상을 보았는가
오랜 기다림을 악취로 화답하는
교만한 풍경을 보았는가
겉으론 화해의 손 흔들며
독毒을 품고 있는 무리들의 이중성을 보았는가

숯가마

다비식을 마친 뼈들이 누워있다
사리는 간데없고 고뇌도 없다
생의 마지막을 검은 눈물로 남긴 채
또 다른 가마 속엔 아직 뼈들이 타고 있다
순도 백 프로의 결정체 안으로
수 십 마리의 뱀 혀를 날름거리고 있다

말을 위한 연습

너무 노골적이거나 적나라하거나 뜨겁고 차갑지 않게
말랑하거나 달콤하지도 않게 간을 맞추다 보면
자칫 밋밋해질 수 있는 한마디를 건네며 고민한다
실수가 아니기를 미안할 일이 아니기를 기도하지만
때론 과하거나 부족해서 내놓기 힘든
음식 같은 한마디를 위해 조심스레 시간을 건너는 날

전쟁 이후

내가 그곳 빗장에 이르기까지
숱한 불안의 날들
서로 날을 세우고 견제하여 피 흘리던
이해하는 일이란 무엇보다 어려운 숙제였을까
균열이 생긴 후
늘 닫혀 있던 강물의 사유를 지나
길 이쪽과 저쪽에서 바라만 보던 날
결국 어둠의 터널을 벗고 말았다
아무것도 아니었던 걸까 그 견고했음은
빗소리에 열리고 미풍에 허물어지는 벽
서로의 안과 밖에서 깃을 세우는 건
이제 나의 몫이 아니기를
다시 내일을 위해 풀어두는 빗장
모두의 관계를 위해

밤을 깎다

하필이면 둥근달 차오르는 정월 대보름
오곡을 접어둔 채 밤을 깎는다
탱글탱글 여문 씨앗의 과거를 벗기고
속살을 걷어내기까지 무수한 생각들이 반란을 일으킨다
한 번도 본 적 없는 조상을 위한 의식
종가 며느리 혼자 밤을 깎는다
중요하든 아니든 정성이어야 한다니까
근거도 모른 채 밤을 깎는 저녁
소쿠리처럼 촘촘한 마음 위로 찬바람이 지나간다
조상을 섬겨야 한다는 복종을 이유 삼아
반들반들 깎은 밤 제상 위로 올리며
21세기 속 오랜 풍습을 다스리는 보름밤
내 안에는 보이지 않는 보름달

서각을 배우며

나는 지금 너의 안부를 새기고 있어
이 나무 위에 어제의 바다를 조각하는 거지
온 마음을 다해 칼끝으로 기를 충전하다 보면
또 누가 알아 시간이 늘어나거나 좀 더디 달릴지
그래서 거기 고둥이 살고
새우와 꽃게가 살게 하는 거야
저기 허공을 가르듯 달아나는 새들 좀 봐
시간을 양쪽 어깨에 싣고 푸득거릴 때마다
한 옴큼씩 달아나는 내일이 보이는걸
아쉽지만 어쩌겠어
차라리 오늘은 세월의 길 열어두고
질끈 눈감아두는 게 필요할지도 몰라
저기 후박나무 아래
개미들도 시간을 나르고 있잖아
햇살과 바람을 옮기며 시간을 새기고 있는걸

내비게이션에게

가끔씩 마음 어지러울 때
누군가 내 안에 들어와
잃어버린 길 열어주는
내비게이션이 되었으면 좋겠다.
펜 끝으로 마음 판을 톡 치면
전방에 조심하라는 간판을 단 건물이 있고
그 건물을 비켜 돌아가면
오래전 닫아 두었던 꼭 찾아가야 했던 길
찬찬히 일러주는 이정표가 보였으면 좋겠다.
생각보다 행동이 먼저 앞지르기할 때면
경로이탈 중, 과속임을 알려주는 내비게이션
내 안으로 들어왔으면 좋겠다.
때때로 경거망동하는 내게 경고음을 알리고
경로탐색 중임을 일러주는 길잡이
더러 일상에 지쳐 휘청거릴지라도
목적지가 확실한 곳으로 안내하는 내비게이션
신호등이 멈추면 재탐색을 위한
약간의 시간을 물고 와
파란 등 켜진 도로를 질주할 때처럼

가야 할 길 바로 안내하는 내비가 있어
인생의 범칙금 따윈 존재하지 않았으면 좋겠다.

욕심의 깊이

그래 지금은 공원의 호수보다
푸른 여름보다 더 깊고 촘촘한 가을
이렇게 햇살 고운 날에는
해탈을 꿈꾸는 게 안성맞춤이라
기다린 끝에 놓였다는 연륙교 지나
보문사 눈썹바위 밑에서 두 손 모았다
내 욕심 무거워 부처의 눈빛에나마 닿을 수 있으려나
절집을 지나오며 말갛게 흩어지는 풍경소리
얕은 속내 들킬 수 있으려나
혜안이 열리기를 바래보았다
사는 일이 저 맑은소리와 같기를 소원하며
해마다 짧아지는 세월의 뿌리
잡아둘 수 없을까 또 욕심을 내었다

수험생 일기

바람은 언제나 나를 향해 불었다
더위도 추위도 무시한 채
폭풍전야 같은 불안한 미래가 헐떡였고
아무도 우리의 세계를 이해하지 못했다

어제와 오늘이 똑같아도
내일과 모레는 자꾸만 달라지는
이상한 공식 속에서
똑같은 모양의 씨앗을 심으며
바람이 지나기를 기도했다

씩씩하게 돌아가는 21세기 앞에서
줄기세포도 국회파행도 월드컵도
우린 모두 외면해야 했다
로봇처럼 혹은 우리 집 화분처럼
혹은 골목의 바람처럼
나는 깃발 하나 높이 내다 걸었다

세탁기

너의 욕심과 눈물 자국을 지우며
나를 세탁할 수 없는 안타까움
오늘은 진정 나를 빨아 널고 싶다
한 번쯤 너의 얼룩이 아닌 나를 세탁하여
햇살 아래 펄럭이고 싶다

나무도 아프다

계곡이 먼저 입을 열면
돌들의 숨소리에 귀 기울이는 산길
어디에도 내보일 수 없던 체증 풀어놓다가
숲과 함께 침몰하는 시간을 본다
노래하지 않는 산,
쇠잔한 나무가 투명한 수액주머니 달고 있다
풀뿌리 같은 링거 옆구리에 꽂고 있다
피곤한 곁가지를 바람이 흔들고
햇살이 잠깐 머물러 보지만
어떤 것도 나무의 아픔을 대신할 수 없다
소나무 치료 중, ○○공원 관리
허리춤에 의무기록표를 매단 나무의 맨발
투병 중인 산 아래로 고개 숙인 숲
한족에 비켜선 내 봇짐이
나무에게 미안한 날
나도 무겁고 나무도 아픈 산길

백령도

저 올망졸망 모여 앉은 돌멩이 보면
세월의 힘 얼마나 모진지 알겠다
바람의 힘 얼마나 매서운지 알겠다
비릿한 시간의 등에 밀려
원시의 바위 닳고 닳아 콩돌 되었을까
시간을 물고 와 뱉어 놓는 모래밭
재잘재잘 노래하는 돌
꼭 소풍 나온 아이 같아서
슬며시 말을 걸어 본다
콩돌, 어디서 왔니 몇 살이야?

북어

망망대해 먼 러시아를 지나
강원도 첩첩산중 깊은 골에 들었을까
생나무 가지 흔드는 매서운 바람으로 변했다가
눈보라 휘날리는 들판 되었다가
혼절했다 깨었다 수십 번 북어로 환생하였을까
그 삶이 가혹하였을지라도
때론 제사상 올라 무릎 꿇을 적 마다 효도인 양
거들먹대는 주인의 제물도 되었다가
이사 한 날 문설주 위 매달려 액막이도 되었다가
육신의 옷 벗어주고 영혼까지 내어주며
살아있는 자들에게 뜨겁게 덕을 베푸는 질긴 목숨
어느 아침엔 등허리까지 쌓인 恨 두들겨
해장국 끓이던 여자의 화풀이가 되는 북어
알고 있을까 그는 수십 번 태어나도
이래저래 북어일 수밖에 없는 운명이었음을
세상의 늙은 어미처럼
깡마르고 진이 빠져 달아나도 주고 또 내어줌이
마땅하다 당연하다 여기는 희생양이었음을

4부

배춧국을 끓이며

풀숲에 자란 달개비 꽃으로
시를 쓴 어느 시인의 마음 엿본 날
그 신선한 감동 잊을 수 없어
베란다 풀잎을 한 잎씩 따다가 일기를 썼다
채송화 이파리에선 장독대 앞 꽃물 들던 유년이
맨드라미 잎에선 가난한 젊은 날이
추억처럼 물 드는 오후
갖가지 꽃잎으로 이리저리 글씨를 써보는
마음 위로 나이든 햇살 내려앉고
생각 속에선 자꾸만 어디에도 없는
달개비 꽃으로 시를 쓰고 싶은 욕심 솟는 날
생각은 어느 산골 푸른 꽃밭을 달리다가
퇴근길 사 들고 온 푸성귀만 손질했다
찬찬히 씻어야 구수한 법이라던
어머니 생각에 달개비 꽃 시詩도 채송화 일기도
풋내 도는 배춧국에 묻히고 마는 저녁

비정규직

시장 모퉁이 허름한 좌판 위
반짝 햇살 한 줌 작은 화분에 가 닿은 채
자꾸만 마음을 잡아끌었다
결국 흥정을 마치고 데려와 베란다에 가둔 후
집안의 환경을 위해 애쓰기로 계약을 맺었다
하루 8시간씩 최선의 노동을 약속한 후
아침엔 발랄하게 식구들 향해 웃었고
내가 퇴근하고 돌아온 시간에는 어김없이 침착하던 그가
늦은 가을 더 이상 화려하지 않았다
잎 지고 나니 다른 화초들과 차별당했다
싹둑 잘리거나 쓰레기가 될 위기에 봉착한 그
정확히 봄부터 가을까지 8개월을
우리 집 환경을 위해 수고한 화분에게 기한연장이란
없다
결국 한 줌 시든 잡초로 전락해 버려지는 생애를 보며
한때 비정규직으로 몸담았던 나를 보았다
계약기간 종료 통지를 받으며 구겨지던 순간처럼
나와 같은 신세 되어버린 마른 꽃
한참을 바라보는 비정규직의 가을

옛날이야기

일곱 살 적,
돌쟁이 남동생을 업고 또 세 살 아래 동생 손을 잡고
큰집으로 가면 사촌들은 모두 학교에 갔고
초가집 마당에는 살구꽃 소란했지
호랑이 큰아버지 댁에 맡겨지는 일이 싫었지만
보리밥 한 덩이 찔러주며
동생들 잘 보라는 어머니 말씀 메아리처럼 울렸고
등에 업힌 돌쟁이 칭얼대면 그때야
살구나무 아래 포대기를 풀고 한숨 허리를 펴는 순간
울음소리가 마당을 가로질러 외양간에 가 닿았지
마당 가득 하얀 살구꽃 주워 먹어도
아무도 배고픔을 돌보지 않던 옛날이
요즘 왜 자꾸만 명치끝에 와 걸리는지
같이 울어주던 누이의 심정 알길 없는 동생
섬 같은 도시 살기에 바쁜 봄날
지금은 알 것 같은 어린 날의 가난이
복사꽃 송이로 피고 지고 피고 지고

콩에게 묻는다

창문을 박차고 들어 온 봄볕이
스멀스멀 마루를 포복하자
물컵 안으로 뛰어든 생콩 한 알
서랍 속 캄캄한 고립을 떠나
물 한 모금에 날개를 펴는 콩
잊고 지낸 며칠 후
꼬물꼬물 손을 흔든다
뿌리박기 위해 애쓰는 식물에게서
삶의 의지를 읽는다
세상의 끈 놓아버린 신문지 속 영혼들
유리컵 속 강낭콩으로 오버랩 된다
세상은 그저 보이는 만큼만 가치가 있는 걸까
악조건 속에서도 손짓하는 콩에게
험난한 세상이라 말하는 뉴스 속 이야기를 묻는다

개꿈

눈이 멀었던 거야 필시.
어쩌자고 저것이 이 허름한 곳에 당도했을까
가지런히 놓인 지폐 뭉치를 들고
덜컹 마음의 바퀴가 흔들렸어
잘 못 온 거라니까!
토렴하듯 자꾸만 주문을 외웠어
그러면서도 속으론 내게로 온 것이기를 기도하는
제발 꿈이 아니기를 꿈이라면 깨지 말기를
견물생심의 확실함을 체험하는 순간이었어
그러나 창문이 훤하게 밝아오고 말았어
그 지폐 뭉치를 들고 있던 손이 비어있는
꿈, 개꿈이었던 거야

밥

언제나 너는 찬밥이었다.
부드럽지 못하거나 설익은 콩 같아서
때론 야무지지 못해서 어울리지 못하는
식어버린 의미

누군가 그 밥 한술 위
곰삭은 바다 한쪽 얹어
운수 좋은 날엔 마음의 허기 채워줄
든든한 식량이 되기도 했지만

배부른 자 거들떠보지 않는
막사발에 고봉으로 담겨
부엌 귀퉁이 불씨조차 숨어버린
부뚜막에 앉아 주인을 기다리던
밥

어느 내장을 관통하여
일용할 양식이 되기를 꿈꾸던
그리운 밥처럼
따뜻한 희망이 되고 싶다 나는

환절기

슬금슬금 낮은 포복이다
구름을 뚫고 건들거리는 바람을 건너
내 안으로 들어와 똬리를 트는 오한
모르는 척 눈을 감았으나
결국 내가 허락한 건 깊이 앓아주기
고집으로 버텨주기 이 악물고 함께하기
차츰 가랑잎처럼 바스락거리는 몸
바이러스가 침투하도록 무방비 상태로 두었던
겨울 밭에 밤새 눈이 내렸다
사륵사륵 세상을 덮더니 관절마다 냉기가 돌았고
어디에도 없는 약간의 에너지조차
오가는 계절의 틈바구니에선
조금씩 몸살을 앓았다
마음의 곳간마저 혹독한 계절병을 치르고 있을 즈음
저기 개울가엔 버들가지가 노랗게 눈을 뜨고 있었다.

빈집증후군

오후, 그리고 여름
반쯤 남은 햇살이 마루 안을 기웃거리고
식솔들은 아직 돌아올 생각을 안 할 거라 믿어지는 시간
내 마음은 낡고 허름해진 집이다
이것저것 소통의 부재를 찾아 치장하려 하지만
아무것도 장식되지 않는 가난한 집.
가난은 부끄러울 것도 죄도 아니라고 했지만
그거야 말하기 좋은 사람들 이야기
나는 이미 오래전부터 빈집이 되어
자꾸만 부끄럽고 죄인 같다
오늘처럼 더위가 기세등등한 저녁이면
빈집은 휑하니 텃밭을 떠난 푸성귀처럼 시들하다
아름다울 것도 새로울 것도 없는 건조한 일상
무엇인가를 채근하는 모깃불 같은 저녁에
마당 가득 손님처럼 울리는 전화벨만 요란하다

용서에게

내가 굳이 너의 입국을 허락한 건
그리고 이 비좁은 영토에 뿌리내리도록 승인한 건
너에게로 가는 길이 너무 험난하였음이라
아무도 네게로 가는 길을 일러주지 않았기에
캄캄한 절벽을 기어올라 담쟁이처럼 기생하기로
담벼락에 거대한 빨판으로 흡착시켜
그 웅장한 것들과 하나가 되기로 했음이라
저 높고 긴 담장 어디쯤 너 또한 전입할 테지만,
그렇게라도 함께 버티어 가다 보면
이 터널 같은 불신의 날도 끝이 있을 테니
여기저기 불거지는 한숨의 결정체를 씻을 수 있음이라
무거운 오해의 수레를 끌고 내게로 오기 전
너의 방황과 방탕함을 이해할지니
이제 그만 서로에게 짐을 지우고 함께 걸으며
상쇄의 오류로 알게 될지라도 그저 웃고 말 것을

홀로 산행

스쳐 가는 객客 들의 침묵
마음을 훑고 가는 바람
친구가 되지만
진정 버거운 삶을 들어 줄 누군가가
오직 나뿐이란 걸 알았을 때
홀로 빈집을 지킬 때처럼 공허하다

아주 먼 전생부터 궁핍했을
내 영토에 뿌리내린 욕심 버리지 못하여
날로 황폐해지는 죄인이 되어
혹독하게 땀 흘리다 보면
다행히도 새소리로 흩어지는 근심의 뿌리들

눈부신 도시를 피하여
잠시 변방으로 손을 들면
거기 날개를 펴고 기다리는 산

공터 옆 고흐

공터 옆
풀밭에 비스듬히 앉아있는
고흐의 신발 한 짝
몸의 반쯤은 풀 속에 묻은 채
민들레를 품었다
어느 허공을 날아
신발 속에 찾아들었을까
노란 집인 줄 알았을까
허름한 신발 속 웃고 있는 민들레
공터를 지나며
잠시 고흐를 만나고 돌아가는 길

지하도 입구

눈 녹은 물 그림처럼 흐르는 오후
지하도 입구 바람을 등지고 앉은 남루한 석고상
그 누구도 돌아보지 않고 총총히 계단을 내려간다.
빈 눈길조차 담기지 않는 그릇 안엔
한 줌 햇살이 먼저 들어가 똬리를 틀고 있을 뿐
세상은 겨울처럼 냉랭하다
틈새를 비집고 고개 드는 새싹에 마음 갈망정
누구의 온기도 그릇 안엔 담기지 않는데
고개 숙인 저 남루한 일상의 기도는 멈추지 않는다
죄인처럼 그 곁을 지나며
세상에 봄이 오고 있음조차 쓰디쓴 날
질척한 계단 입구가 몹시 아픈 날
치열하거나 미안하거나 그 어느 쪽도 아닌
저 비어있는 바구니가 종일 가슴에 박혀
망치질을 멈추지 않는 해빙기의 하루

건망증

그가 왔다
예고도 없이 불쑥 늦은 가을처럼
치열하지도 못한 헐렁해진 일상
놓아버리게 만드는 증상들 데리고
연락도 없이 아무렇게나 왔다
야채를 서랍에 오렌지주스를 신발장에
전화기를 냉장고에 보관하게 만드는
괴력을 가진 그
종일 내가 이상해져서
문밖에 나를 세워 두었다
벌세우듯 그렇게 두 손 들게 한 날
왜 그랬을까
아무것도 기억나지 않았다

어떤 풍경

횡단보도 앞 신호를 기다리다 새들 소란하여 고개를
든다
무슨 일 있었는지 큰 새 고함에 푸른 신호등 놓치고 만다
천천히 신호를 비켜서 색다른 풍경에 귀를 열자
특정 후보의 누설 건너편 유리창에 반사된다
측근에게 성찬을 대접받고 부리에 윤기가 돌았다거나
양귀비꽃 화려한 공원에 모여 호주산 통밀 중국산 수
수 대접받으며
한 줌 희망을 보았다는 새
욕심이 능력인 듯 외치던 물총새 지금쯤 높이 날고 있
을까
배부른 새들 숙제를 잘할 수 있을까
완장을 꿰찬 비둘기 날개 눈부시다
낯선 풍경 속에 머물다가 다시 푸른 신호등 찾은 나는
저기 새들과 어떤 색깔이 다를까 생각에 잠긴다

사람들은 모른다

저 빈집 안에
바다가 살고 어부가 살고
초승달이 살고 고래가 살고
오래된 꿈이 송전되고 있다는 것을
삐걱대는 대문 너머
세상에 과의 약속을 잠재우던
비밀스런 미래를 사람들은 모른다
단지 우물가 키다리 꽃 졌다는 이유로
울타리에 걸린 여름이
말없이 피고 지는 이유를
마당 한쪽 지층으로 쌓여있는
부르다만 노래가 또 다른 해후라는 걸
사람들은 모른다
내가 빈집 된 까닭이 비밀인 것처럼

해설

꿈같은 삶에서 구체적인
깨달음을 노래하다
— 박현자의 시 세계

권   온(문학평론가)

1

우리는 시詩를 사랑하는 사람들이다. 누군가 당신에게
묻는다. 왜 시를 읽는가? 혹은 시를 쓰는가? 이러한 질
문을 받은 이는 답변을 머뭇거릴 수도 있다. 우리가 쉽
게 답하기를 주저하는 까닭은 이러한 질문에 담긴 의미
가 대단히 본질적인 가치를 담고 있기 때문이다. 당신이
시를 읽고 쓰며 사랑하는 이유는 당신이 다름 아닌 인간
이기 때문이다.

시는 인간의 인간다움을 가장 돌올하게 보여줄 수 있
는 긴요한 미디어로서 작동한다. '시는 가르치고 즐거움
을 주려는 의도를 가진 말하는 그림이다.'라는 필립 시드
니Philip Sidney의 견해나 '시는 유용하고 즐거이 진리를 말
하는 것이다.'라는 니콜라 부알로Nicolas Boileau의 의견 또

는 '시는 근본적으로 살아가는 방법을 밝히는 인생비평'
이라는 매슈 아널드Matthew Arnold의 언급 등도 인간과 시
의 관련성을 적극적으로 뒷받침한다.

　우리가 박현자 시인을 소환하려는 이유는 그녀가 이
세상 누구보다도 시와 인간을, 또 그 둘을 아우르는 삶
을 사랑하는 사람이기 때문이다. 시인을 이미 알고 있는
이들에게 이 글은 그녀의 시적 전통과 혁신을 확인하는
소중한 기회가 되어 줄 것이고, 시인을 새롭게 만나는
이들에게 이 글은 한국시단의 낯선 보석을 발견하는 기
쁨이 되어 줄 테다. 이제 박현자 시인의 시편 「냉탕 바가
지」「동인천」「고등어를 먹는 시간」「아날로그를 듣다」
「돋보기를 쓰고」「커피를 꿈꾸다」「숯가마」「북어」「배춧
국을 끓이며」「옛날이야기」 등을 각별하게 기억해야 할
시간이 다가온다.

2.

나는 오래된 플라스틱이다.
개장했을 때부터 줄곧 온탕과 냉탕 사이
댓돌 위 오롯이 앉아 물을 지키는 문지기
늘 이리저리 옮겨가며 내 안 담긴 것을 쏟아냈다
빙하기를 끌고 온 듯 차디찬 물, 소리 지를 때마다
수증기 닮은 수다를 끌고 찜통을 지키는 그들

70도의 사막을 뒤집어쓰고 앉아
세상의 푸념들을 질겅질겅 물어뜯던 붉은 입
냉탕으로 잠행할 즈음
여기저기 분탕질 되던 부피를 잴 수 없는 타인의 삶이
사우나의 배를 부풀렸다.
입들은 비누 냄새와 열기를 섞어 투레질해댔고
나는 편편한 심장에 이름표를 새긴
이곳 사우나에서 가장 우대받는 바가지,
저들의 뾰족한 투정까지 후련하게 버려주는
둥글게 자라는 푸른 바람이다

— 「냉탕 바가지」 전문

"나는 오래된 플라스틱이다."라는 도발적인 첫 행에 주목해야겠다. 시적 화자 '나'는 스스로를 '오래된 플라스틱'으로 규정한다. '나'는 또한 '물을 지키는 문지기'이기도 하다. 무엇보다도 '나'는 "둥글게 자라는 푸른 바람이다" 수수께끼 같은 '나'는 누구인가? 이 시의 제목이 답일 수 있으니 '나'는 '냉탕 바가지'이다. 박현자의 안내를 받은 독자들이 '나'를 구체적으로 상상할 수 있다는 사실은 이 시의 강점이다. 단순한 '바가지'가 아니라 '냉탕 바가지'이다. 시인은 둥글고 푸르고 오래된 플라스틱 바가지에서 '세상의 푸념들'이나 '타인의 삶'을 발견하기도 한다. 박현자 시인이 '냉탕 바가지'를 활용하여 전달하려는 시적 메시지는 '화합和合'이나 '중용中庸'일 수 있겠다. 사람들의 "뾰족한 투정"을 둥글게, 둥글게 위무하는 힘이 여기에는 가득할 것이기 때문이다. 그리고 우리가 그녀의 시를 읽으며 "망가져 가는 저질 플라스틱 臨時 人間"(「나」)이라는 김종삼 시인의 절묘한 표현을 떠올리는 일은 단순한 우연이 아니다.

후미진 곳까지 벚꽃 가득하다
그 틈을 비집고 군데군데
봄소식을 풀어놓는 민들레
반쯤 입을 벌린 화분 안에서
깨어나는 잡풀들까지
한껏 숨을 고르는 긴장 풀린 시간
창가로 쏟아지는 오후를
베고 누운 골목이
느릿느릿 봄을 챙기고 있다

수선집에선 여전히 누군가의
허름한 삶을 박음질하는 4월
꽃이 지고 나면
또 어떤 삶이 피어날까
불경기 속에서도
희망을 깁고 있는 봄

— 「동인천」 전문

이번 시는 분위기가 살아있다. 이곳의 시간은 '봄'이고

'4월'이다. 여기에는 '벚꽃'과 '민들레'와 '잡풀들' 등 식물이 가득하다. 피어나는 꽃을 바라보는 4월의 어느 날 우리는 '숨'을 쉬고 '삶'을 산다. 박현자는 '후미진 곳' 또는 '틈'에서도, '불경기'가 만연하고, '코로나 19'가 창궐하는 암울한 현실 속에서도, '희망'을 노래할 수 있다는 가능성의 충만을 이야기한다. 시인은 단순한 '인천'이 아닌 '동인천'의 봄을 형상화한다. 이 작품을 읽는 이들은 구체적인 시공時空으로서의 '동인천'을 온전히 느끼면서 삶을 사랑할 수 있을 테다.

> 생선 한 마리 구워 놓고
> 꽃무늬 새겨진 물컵과 마주 앉은 저녁
> 식솔들은 귀가 전이라 조용한 밥상
> 접시 위 올라앉은 고등어에게 말을 건넨다
> 먼바다를 지나오는 동안
> 파도는 어떠했는지 혹여 탈출을 시도하진 않았었는지
> 등 푸른 몸으로 살다 온 고등어 원산지를 묻자
> 북유럽 바닷가 노르웨이 숲 솔베이지 들려준다
> 고등어가 들려주는 전설 들으며
> 혼자 먹는 밥 결코 달콤하지 않은 시간
> 고등어를 향한 마음 멈추고 마는 저녁
> ─「고등어를 먹는 시간」 전문

'고등어를 먹는 시간'은 건강한 즐거움을 만끽할 수 있는 순간일 수 있다. 이 시에 제시되는 고등어를 먹는 시간은 특이하다. 작품에 내재하는 시적 화자 또는 시인은 "고등어에게 말을 건넨다" 그녀는 고등어에게 '먼바다' '파도' '탈출' '원산지' 등 다양한 질문을 던진다. 놀라운 사실은 고등어 역시 '전설'을 곧 '북유럽 바닷가 노르웨이 숲 솔베이지'를 박현자에게 들려준다는 점이다. '북유럽' 과 '노르웨이'와 '솔베이지'의 연쇄를 음미하면서 우리는 어떤 세계로 이동하는가? 〈솔베이지의 노래Solveigs Lied〉 는 노르웨이의 음악가 에드바르 그리그Edvard Grieg가 작 곡한 유명한 가곡이다. 이 가곡은 1876년 입센의 희곡 〈페르 귄트〉를 위한 부수음악 23곡 중의 하나로 사용되 었고, 그리그의 관현악 모음곡 〈페르 귄트〉 제2모음곡에 포함되었다. 박현자 시인의 시를 읽는 일은 그리그의 음 악을 듣는 일이자 입센의 희곡을 읽는 일이 된다는 점에 서 그녀의 예술적 확장성은 놀랍고 또 놀랍다.

    옛집 창고에서 발견한 음악의 집 한 채
    고요히 먼지를 이고 앉은 지붕 위로 달빛 머문다
    갈래머리 시절 투쟁으로 얻어낸 전축
    바라만 보아도 뿌듯해서 옆구리에 끼고 살았던
    노래가 사는 집
    먼지와 함께 동면에든 빗장으로 여니 막역했던 문서들
    힘껏 손가락을 튕겨 문설주를 건드리자
    3번 트랙에선 샹송이 흐른다
    문지방이 닳도록 드나들던 오래된 기억 속으로

한 무리의 악보를 끌고 가는 고마운 집
다시 4번 트랙으로 옮겨 가는 순간 날갯죽지를 흔드는
새의 연주를 읽으며 잠깐 꿈이었을까
어둑해진 뒤꼍이 소란해지는 순간
케세라세라
버튼을 눌러 가수의 달력 같은 목소리를 한 박자 덜어내자
이내 3번 트랙으로 되돌아가는 저 낡은 집의 고집
케 세라 세라

　　　　　　　　　　　—「아날로그를 듣다」 전문

　시집을 대표하는 표제시이다. '아날로그를 듣다'라는
표현은 '디지털을 보다'라는 표현과 대비되면서 더욱 빛
을 발할 수 있다. 박현자는 '음악'을 듣는다. 그녀는 "갈
래머리 시절 투쟁으로 얻어낸 전축"을 '음악의 집' 또는
'노래가 사는 집'으로 규정한다. 그런 규정은 아름답고
참신한 비유, 은유이다. '3번 트랙'의 '샹송'이 '4번 트랙'
에서의 '새의 연주'로 이동한 후 다시 "3번 트랙으로 되
돌아가는" 구성은 신선하다. 그것은 '고마운 집'의 힘이
자 '낡은 집의 고집'이다. '케 세라 세라qué se·rá se·rá'는 '될
대로 되라, 어떻게든 되겠지' 쯤의 뜻을 담은 표현이다.
이 시는 "잠깐 꿈이었을까"라는 의문을 삶의 본질로써
제시하면서 음악 또는 노래의 반복과 변주를 들려준다.
독자들이 꿈꾸듯 삶을 느낄 수 있는 멋진 작품이다.

어느새 돋보기를 써야 할
아무리 천천히 페달을 밟아도 기어이 당도하는
볼록렌즈 너머로 보이는 문신 같은 상처들
벌 받는 시간에 기대 죄목 하나하나 읽어 내려간다
잘못 살아온 대가를 치러야 하는 아쉬움과
돋보기를 쓰기 전 투명하지 않았던 날들
삶이 잘 보였더라면 후회가 덜했을까
저만치 꼿꼿한 욕심 렌즈 가까이 내려앉고
초라한 시력 앞에서 이제는 알 것 같다
마음도 돋보기를 써야만 더 선명해지는 것을
하나씩 포기하고 두 개쯤은 접어두며
끝내 참지 못하는 속내 감추려 한다
확대경 위로 전해지는 罪를 반성하는 날이다

—「돋보기를 쓰고」전문

   시인에 따르면 '돋보기' 또는 '볼록렌즈'를 사용해야 비
로소 글자가 보이기 시작할 때, 우리는 '문신 같은 상처
들'이나 '벌' 또는 '죄(목)'과 마주한다. "아무리 천천히 페
달을 밟아도 기어이 당도하는", 거부할 수 없는 운명 앞
에서 우리는 '아쉬움'과 '욕심'으로 가득한 '삶'을 되돌아
보고 "잘못 살아온 대가를 치러야" 할지도 모르겠다. '초
라한 시력'이라는 노화老化 현상 앞에서 시인은 "이제는
알 것 같다"라고 고백한다. 몸뿐만이 아니라 "마음도 돋
보기를 써야만 더 선명해"진다는 그녀의 깨달음은 놀라
운 데가 있다. 박현자의 안내를 따라서 어느 정도 "포기

하고" "접어두며" "속내 감추"고, "반성하는" 독자들이 늘어날 것만 같다. 이 시는 문학의 교훈적 기능을 효과적으로 드러내는 수작秀作이다.

  한때 바리스타를 꿈꾸었지
  유라시아 대륙 어느 황무지를 돌아나간 바람을 외면한 채 익어갔을
  아라비아를 고향으로 둔 야생의 원두
  그것을 우려내 누구에게나 오랜 추억 같은 향기를 제공하고 싶었어
  운이 좋으면 슬쩍 이슬람사원 수도자 이야기도 들어가며
  자메이카 농부의 블루마운틴처럼
  마시는 순간 황제의 마법에 걸리듯 행복해지는 커피
  비 오는 날 모카 그림 그려진 찻잔처럼 앉아
  저 깊은 곳에 쌓인 먼지를 길러 기쁜 일만 추출하는
  가끔은 생기 넘치는 커피 같은 사람이 되고 싶었던 거야
  하지만 내가 커피가 아니듯 커피도 내가 될 수 없기에
  자꾸만 아라비카를 꿈꾸는지도 모를 일 커피카 될 수 있다면
  햇살의 종이 되어도 좋고 바람의 문지기면 또 어떠랴
  꿈꿀 때마다 어깨에 날개가 돋는다 해도
  언제나 깊은 향기로 머문다면 기꺼이 아라비카가 되는 거지
                              ―「커피를 꿈꾸다」 전문

앞에서 살핀 「아날로그를 듣다」에는 "잠깐 꿈이었을까"라는 매혹적인 진술이 등장하는데, 이번 시는 제목에서부터 '꿈'을 향한 멈출 수 없는 열망을 제시한다. 시적 화자 '나'에게는 "바리스타를 꿈꾸"던 때가 있었다. '나'가 '바리스타barista'가 되기를 원했던 이유는 '커피'와 무관할 수 없다. '나'가 '커피를 꿈꾸'게 된 원인은 '커피'의 원산지가 다양하기 때문이다. 이 작품이 독자의 흥미를 끌어당길 수 있는 우선적인 요인으로는 다채로운 이국적인 표현의 등장을 꼽을 수 있다. '유라시아 대륙' '아라비아' '이슬람사원' '자메이카' '블루마운틴' '모카' '아라비카' 등에 주목하다 보면 우리는 어느새 역동적인 꿈을 꾸는 스스로를 발견하게 될 테다. 그런 까닭에 커피 향기를 맡고 커피를 마시는 일은 '행복'하고도 '기쁜 일'이 아닐 수 없다.

다비식을 마친 뼈들이 누워있다
사리는 간데없고 고뇌도 없다
생의 마지막을 검은 눈물로 남긴 채
또 다른 가마 속엔 아직 뼈들이 타고 있다
순도 백 프로의 결정체 안으로
수 십 마리의 뱀 혀를 날름거리고 있다
　　　　　　　　　　　　　　―「숯가마」 전문

세상에 태어난 이상 누구나 그런 순간을 피할 수는 없

다. 그런 순간이란 누군가의 '뼈들'을 바라보거나 스스로가 '뼈들'이 되는 때를 가리킨다. '생生'이 '사死'가 되는 순간, '삶'이 '죽음'이 되는 때에 만나는 '뼈들'은 두 개의 극단적 순간 사이, 두 개의 대비적 때 사이에 위치한다. "다비식을 마친 뼈들"은 이제는 '재'가 되어버린 그리하여 '죽음'의 문턱을 넘어선 '뼈들'이고 "또 다른 가마 속"에서 "타고 있"는 '뼈들'은 '죽음'의 문 앞에서 서성이는 중이다. 모든 인간은 언젠가 '뼈들'이 되어야 할 운명을 타고났다.

문학평론가이자 불문학자로서 한 시대를 풍미했던 김현은 「아버님의 죽음에 대하여」라는 산문에서 돌아가신 선친先親을 떠올리면서 "그런데도 나는 아직 아버님이 살아 계신 것만 같다."라고 고백한다. '죽음' 앞에서도 때로 '삶'을 마주하게 되는 일, 그것이 인간의 숙명이라면 받아들일 일이다.

고귀하고 엄숙하며 경건한 '사리' 같은 건 잊어버려라! 심각하고도 거창한 '고뇌' 따위도 없을 것이다. 박현자에 따르면 거기에는 '검은 눈물'이 곧 참을 수 없는 마지막 슬픔이 있을 뿐이다. '숯가마' 또는 "순도 백 프로의 결정체 안으로", 뜨거운 불꽃들 또는 '수십 마리의 뱀 혀'가 이 시를 읽는 우리의 육체를 휘감아 몇 개의 뼈들을 남길 때가 다가오리니, 합장.

망망대해 먼 러시아를 지나
강원도 첩첩산중 깊은 골에 들었을까
생나무 가지 흔드는 매서운 바람으로 변했다가
눈보라 휘날리는 들판 되었다가
혼절했다 깨었다 수십 번 북어로 환생하였을까
그 삶이 가혹하였을지라도
때론 제사장 올라 무릎 꿇을 적마다 효도인 양
거들먹대는 주인의 제물도 되었다가
이사 한 날 문설주 위 매달려 액막이가 되었다가
육신의 옷 벗어주고 영혼까지 내어주며
살아있는 자들에게 뜨겁게 덕을 베푸는 질긴 목숨
어느 아침엔 등허리까지 쌓인 恨 두들겨
해장국 끓이던 여자의 화풀이가 되는 북어
알고 있을까 그는 수십 번 태어나도
이래저래 북어일 수밖에 없는 운명이었음을
세상의 늙은 어미처럼
깡마르고 진이 빠져 달아나고 주고 또 내어줌이
마땅하다 당연하다 여기는 희생양이었음을
—「북어」전문

    앞에서 살핀 「고등어를 먹는 시간」과 유사한 계열을 이
루는 시이다. '고등어'가 '북유럽 바닷가 노르웨이 숲 솔
베이지'와 연결되었다면 이번 작품의 '북어'는 '망망대해
먼 러시아'와 접속한다. 독자들로서는 '북어'를 휘감고 있
는 어휘들 곧 '삶'과 '목숨'과 '한恨' '운명'과 '환생'과 '희생

양' 등에 주목하는 게 좋겠다. '러시아'나 '강원도'라는 시
적 공간은 '북어'의 험난한 여정 또는 모험을 암시한다.
'제물'이나 '액막이' 또는 '화풀이' 등의 표현 역시 '북어'의
매서운 '운명'을 알려준다. 북어는 이제 이 시를 읽는 개
개인의 독자가 된다.

> 풀숲에 자란 달개비 꽃으로
> 시를 쓴 어느 시인의 마음 엿본 날
> 그 신선한 감동 잊을 수 없어
> 베란다 풀잎을 한 잎씩 따다가 일기를 썼다
> 채송화 이파리에선 장독대 앞 꽃물 들던 유년이
> 맨드라미 잎에선 가난한 젊은 날이
> 추억처럼 물 드는 오후
> 갖가지 꽃잎으로 이리저리 글씨를 써보는
> 마음 위로 나이든 햇살 내려앉고
> 생각 속에선 자꾸만 어디에도 없는
> 달개비 꽃으로 시를 쓰고 싶은 욕심 솟는 날
> 생각은 어느 산골 푸른 꽃밭을 달리다가
> 퇴근길 사 들고 온 푸성귀만 손질했다
> 찬찬히 씻어야 구수한 법이라던
> 어머니 생각에 달개비 꽃 시詩도 채송화 일기도
> 풋내 도는 배춧국에 묻히고 마는 저녁
> ──「배춧국을 끓이며」전문

 아름다운 풍경을 마주하는 느낌이 이런 것일까? 이 시

를 읽는 일은 순수한 미美의 세계를 경험하는 일과 다르지 않을 테다. 박현자는 "달개비 꽃으로/ 시를 쓴 어느 시인"에게서 '신선한 감동'을 받고 "풀잎을 한 잎씩 따다가 일기를" 쓰기 시작했다. '달개비 꽃'으로 '시'를 쓰고 '풀잎'으로 '일기'를 쓰는 순수한 심성의 소유자의 이름이 바로 시인이다. 또한 시인은 '채송화 이파리'의 '유년'과 '맨드라미 잎'의 '젊은 날'을 '추억'으로 직조한다. "갖가지 꽃잎으로 이리저리 글씨를 써"본다는 진술에는 소박하고 신선한 아름다움이 그득하다.

"생각은 어느 산골 푸른 꽃밭을 달리다가/ 퇴근길 사들고 온 푸성귀만 손질했다"라는 박현자의 진술은 이 시의 핵심을 아우른다. '생각'과 '상상'의 조합이 '현실'과 '행동'의 조합으로 움직이고 있다는 것! 이 작품의 촉매 역할을 담당하는 '어느 시인'은 누구일까? 김춘수가 아닐까? 그가 2004년에 발간한 시집 『달개비 꽃』을 찬찬히 다시 읽으며 '배춧국을 끓'여볼 일이다.

일곱 살 적,
돌쟁이 남동생을 업고 또 세 살 아래 동생 손을 잡고
큰집으로 가면 사촌들은 모두 학교에 갔고
초가집 마당에는 살구꽃 소란했지
호랑이 큰아버지 댁에 맡겨지는 일이 싫었지만
보리밥 한 덩이 찔러주며
동생들 잘 보라는 어머니 말씀 메아리처럼 울렸고

등에 업힌 돌쟁이 칭얼대면 그때야
살구나무 아래 포대기를 풀고 한숨 허리를 펴는 순간
울음소리가 마당을 가로질러 외양간에 가 닿았지
마당 가득 하얀 살구꽃 주워 먹어도
아무도 배고픔을 돌보지 않던 옛날이
요즘 왜 자꾸만 명치끝에 와 걸리는지
같이 울어주던 누이의 심정 알길 없는 동생
섬 같은 도시 살기에 바쁜 봄날
지금은 알 것 같은 어린 날의 가난이
복사꽃 송이로 피고 지고 피고 지고

—「옛날이야기」 전문

시인은 '옛날' 또는 '어린 날'을 기억한다. 그녀는 '일곱 살 적'에 어린 동생들을 데리고 '호랑이' 같은 '큰아버지 댁'에 맡겨졌던 일을 떠올린다. '초가집'과 '살구꽃'과 '외양간'과 '보리밥'으로 채색된 유년의 기억이 박현자를 자극한다. 시인에게 옛날은 '배고픔' 또는 '가난'으로 각인되어 있다. 살구꽃이나 보리밥만으로 일곱 살의 허기를 채우기는 쉽지 않았을 테다.

이상한 일이다. 그때 그 시절이 "요즘 왜 자꾸만 명치끝에 와 걸리는지" 모를 일이다. 아무런 연고도 없는 "섬 같은 도시 살기에 바쁜 봄날" 박현자는 왜 옛날을 회상하는 것일까? 그녀는 어린 날에는 도무지 이해할 수 없었던 가난을 "지금은 알 것 같"다고 이야기한다.

우리가 삶에서 마주하는 모든 일은 시행착오를 동반하기 마련이다. 깨달음은 늘 뒤늦게 다가온다. 유감이지만 유의미한 인식은 사후事後에 찾아온다. 이 시의 마지막 행 "복사꽃 송이로 피고 지고 피고 지고"를 읽는 일은 삶을 꿈처럼 조성한다. 독자들은 자연의 반복에서 삶의 영원성을 깨닫는다. 이제 '요즘'은 '옛날'이고, '옛날'은 '요즘'이다.

3.

박현자의 신작 시집 『아날로그를 듣다』를 읽었다. 그녀가 1992년 혹은 1995년 이후 수십 년의 세월 동안 시작詩作에 몰두할 수 있는 힘은 무엇일까? 이런 물음에 대한 대답을 찾기 위해 이 글은 그녀의 시집에서 대상 시편을 선별하고 작품들의 심연에 닿으려 노력하였다.

박현자 시의 강점 중 하나는 '구체성具體性'을 확보하고 있다는 사실과 무관하지 않다. 시인은 구체적인 표현을 선호한다. 그녀는 '바가지'가 아닌 '냉탕 바가지'를 고르고(「냉탕 바가지」), '인천'이 아닌 '동인천'을 선택한다(「동인천」).

독자들은 「고등어를 먹는 시간」을 읽으며 노르웨이로 떠나고, 「북어」를 보며 러시아를 여행한다. 시인은 우리에게 시를 읽는 시간만이라도 '지금, 여기'라는 현실의

중력重力을 내려놓을 수 있는 소중한 기회를 제공하는 것이다.

박현자는 「아날로그를 듣다」에서 "잠깐 꿈이었을까"라는 의문을 던지고, 「커피를 꿈꾸다」에서 "한때 바리스타를 꿈꾸었지"라고 고백한다. 그녀는 삶의 본질이 꿈과 다르지 않을 수 있음을 두 편의 시에서 보여준다. 삶이란 돌이킬 수 없는 최초의 꿈이다!

「돋보기를 쓰고」의 "이제는 알 것 같다"와 「옛날이야기」의 "지금은 알 것 같은"에 주목할 일이다. 시인은 여기에서 깨달음 또는 인식의 문제를 환기한다. 우리는 왜 그때는 몰랐던 것을 이제야 알게 되는가? 우리는 왜 옛날에는 몰랐던 것을 지금은 알 것 같은가?

박현자에게는 균형 감각이 있다. 「배춧국을 끓이며」에서 그녀는 '과거'와 '현재'를 아우른다. 시인은 '유년'과 '젊은 날'의 '추억'을 귀히 여기면서도 "퇴근길 사 들고 온 푸성귀" 손질을 잊지 않는다. 독자들은 박현자의 시를 읽으며 생각과 현실의 조화를 지향한다. 시인의 균형 감각은 「숯가마」에서도 이어진다. 우리는 여기에서 삶과 죽음의 조화를 확인한다. 모든 삶은 언젠가 죽음으로 귀결되지만, 죽음은 또한 때로 삶을 환기한다. 자식들이 간혹 돌아가신 부모님의 존재를 느끼곤 한다는 사실은 이를 입증할 수 있는 믿을만한 사례이다.

박현자는 시가 인간의 인간다움을 밝힐 수 있는 가장 예리한 무기임을 잘 아는 진정한 시인이다. 그녀는 시가 삶의 빛이 될 수 있음을 뚜렷하게 보여주고 있다. 시인에 따르면 우리들의 삶은 복합적인 대상이어서 죽음과도 연결되고 꿈에 다가서기도 한다.

당신은 1994년 10월 21일 오전 7시 서울시 성동구 성수동과 강남구 압구정동을 연결하는 성수대교의 상부 트러스 48m가 붕괴한 '성수대교붕괴사건'을 기억하는가? 이 사건으로 출근하거나 등교하던 시민 49명이 한강으로 추락하였고 그중에서 32명이 사망하였다. '삼풍백화점 붕괴사고'는 어떠한가? 1995년 6월 29일 오후 5시 57분경 서울시 서초구 서초동에 있던 삼풍백화점이 무너져서 사망자 502명, 실종자 6명이 발생했다. 그리고 2014년 4월 16일 인천에서 제주로 향하던 여객선 세월호가 진도 인근 해상에서 침몰하면서 승객 304명이 사망하거나 실종된 '4·16 세월호 참사' 역시 잊을 수 없다.

이쯤 되면 이제 우리는 삶과 꿈을 분명하게 구별할 수 없다. 삶은 일상의 무게에 늘 짓눌리지만 가끔 미세한 균열이 발생하고, 그곳에서 우리는 꿈이나 환상이라고 부를 수 있는 그런 특별한 순간을 맞이한다. 그 순간이 죽음의 색채로 뒤덮인 비극이 될 지 아니면 삶의 향기 가득한 희극이 될지 정해진 바는 아무것도 없다. 다만 우리는 박현자 시인의 시집 『아날로그를 듣다』를 읽으며 깨닫는다. 인간은 신神이 아니기에 다만 자신에게 주어진 꿈같은 현실에 충실해야 한다. 우리는 지금, 여기의

삶을 꿈같이 여기며 매일매일 새롭게 시처럼 태어나야
한다.